ODE

SUR L'ÉTAT ACTUEL

DE LA GRÈCE.

PAR F. REMCEY.

ferrum pulchid pro libertate ruebant
VIRGILE.

PARIS.

DELAUNAY, LIBRAIRE, AU PALAIS-ROYAL.

1ᵉʳ DECEMBRE 1821.

PRÉFACE.

Nous aussi, nous avons voulu élever la voix en faveur de l'humanité souffrante, d'un peuple martyr de la liberté, et de l'antique patrie des beaux-arts, des Aristides, des Thémistocle, des Léonidas, et voilà notre premier essai. Peut-être, dans cette Ode, trouvera-t-on trop de digressions, trop de machines, trop d'événemens ; peut-être le style paraîtra-t-il trop simple, surtout aujourd'hui : cela est possible, nous ne chercherons pas à nous justifier. Seulement nous dirons que nous avons pensé qu'il valait mieux dire de grandes choses et les dire avec simplicité, que de petites avec grandeur. Avons-nous eu tort? avons-nous eu raison? Le public est juge.

Nous devons ajouter que c'est avec le pénible sentiment d'une profonde tristesse que nous avons retracé des événemens tels que l'on n'en vit point depuis un quart de siècle, et tels que tout cœur d'homme doit en frémir. Souvent même une généreuse indignation nous a transportés contre cette sorte de gens décidés à *désapprouver tout ce qui n'est pas dans l'intérêt de leur cause* (1); mais une poétique indignation est permise; *Facit indignatio versum;* Alcée foudroyait les tyrans.

---

(1) *Cum adsensu ab his quibus omnia principum honesta atque inhonesta laudare est* (Tac. An I. II p. xxxviii)

Ces dernieres lignes nous conduisent à la politique ; que l'on nous permette d'en dire quelques mots Il y a peu de temps qu'un peuple mit les armes à la main, et se donna une constitution. Certes, tant s'en faut que nous voulions nous ériger en défenseurs des révolutions armées ; mais enfin ce peuple jouissait de la tranquillité et n'avait pas besoin d'une invasion pour être heureux ; son monarque libre se serait volontiers passé des secours, peut-être un peu intéressés, de trop obligeans alliés, et les bons principes pouvaient naître du nouvel ordre de choses. Bien s'en fallait que l'on y vît les cités livrées aux flammes, leurs habitans au glaive, des massacres journaliers d'hommes, de femmes, d'enfans, et toutes ces dégoûtantes atrocités qu'exercent les Turcs sur les malheureux Chrétiens Cependant les puissances du Nord s'inquiétèrent ; l'Autriche fut émue ; les dignes voix de tous les émissaires du cabinet de Vienne (l'Observateur autrichien, le Diaro, la Gazette de Florence, etc., etc., et leurs échos de Paris), peignirent avec les plus noires couleurs l'état d'une nation, qui, certes, était fort étonnée d'apprendre, par ces véridiques rapports, qu'elle n'était qu'une troupe d'assassins ; et chaque jour l'on entendait débiter, sur le compte d'un peuple en repos, les plus ennuyeuses insolences et les plus stupides infamies. Bientôt marchèrent de grandes armées, l'orage gronda jusque sur nos frontières, l'Italie fut envahie et soumise, pour sa félicité à venir, à l'occupation armée.

Et lorsqu'aujourd'hui la Grèce entière est ensanglantée par les meurtres des patriarches, des évêques, des princesses du plus pur sang, et par les boucheries de milliers de malheureux, tout est froid ou hostile ; nous entendons ces hommes, naguère les sensibles, les zélés soutiens de l'humanité souffrante, faire les plus charmantes peintures du doux état de ce fortuné pays *La plus profonde tranquillité règne à Constantinople*, nous disent-ils avec la plus incroyable naïveté; *depuis huit jours il n'y a pas eu de massacres.* On ne sait trop vraiment si l'on doit rire ou s'indigner. Mais voyez ces humbles, ces ardens chrétiens, ces chauds amis de la sainte alliance, devenus tout-à-coup les nobles panégyristes du Croissant. Eh quoi! ce sont les apôtres de la légitimité qui proclament la légitimité du Grand-Turc! Encore, si ces malheureux se contentaient d'applaudir aux bourreaux et d'insulter des mourans et des cadavres, on pourrait sourire de pitié, les plaindre et les mépriser; mais non, ils s'efforcent de détourner l'auguste main qui s'étend, pour arracher à l'abîme les Grecs infortunés. Leur bouche fait sonner fortement les grands mots de légitimité, de tranquillité, d'équilibre. Ah! sans doute, tout sera tranquille alors que tout aura passé par le glaive. Quels esclaves bon Dieu! Et voilà les manœuvres qu'ils qualifient du beau nom de politique! de politique? Ignoreraient-ils donc que, *pour conserver son autorité parmi les hommes, la politique doit marcher à la suite de la religion et de l'humanité?* (1)

Mais notre cœur a été puissamment consolé par les nobles paroles descendues du trône. Notre auguste monarque vient de nous promettre que, sous peu, la tranquillité serait rétablie dans l'Orient; il sait qu'un peuple n'est point tranquille sous le glaive, et nous savons, par l'heureuse expérience, que jamais les promesses de notre Roi ne furent vaines.

En voilà beaucoup trop sur ce sujet; que l'on nous pardonne ce peu de mots qui ne sont pas trop pindariques.

---

(1) Adresse de Paris au Roi, 26 novembre 1821.

ODE

SUR

L'ÉTAT ACTUEL DE LA GRÈCE.

In ferrum pulchrâ pro libertate ruebant.
VIRGILE.

———❦———

Dans les plaines de Laconie
Quel est donc ce grand souverain ?
Il dirige vers l'Aonie
Un char étincelant d'airain.
Son œil est de vengeance avide,
Sa voix maudit l'hôte perfide (1);
C'est toi, superbe Agamemnon,
Tu voles par la Grèce entière
Chercher des soutiens à ton frère,
Chercher des vengeurs à ton nom.

———

(1) *Perfidus hospes.* (HOR.)

De l'Europe, à la voix d'Atride,
Sont éveillés tous les lions.
On voit courir vers l'Argolide
Leurs formidables bataillons.
Le voilà ce fougueux Achille
Qui préfère au repos facile
Les champs troyens et le trépas ;
Ajax, Ulysse, Palamède,
Teucer et l'ardent Diomède
Brûlent de voler sur ses pas.

Bientôt leurs innombrables troupes
Ont chargé ces mille vaisseaux
Qui, sous leurs belliqueuses poupes,
De l'Hellespont courbent les flots.
Leurs flancs vomissent le ravage,
Les feux, la mort et l'esclavage.
Sous les remparts de Dardanus
C'est en vain qu'Hector, dix années,
Combat les fières Destinées :
Il succombe, Ilion n'est plus.

Mais depuis ces jours héroïques,
Vingt siècles se sont écoulés,
Et l'on voit de ces temps antiques
Les prodiges renouvelés.
A la voix d'un anachorète,

Le farouche Occident s'apprète
A s'élancer sur l'Orient.
Quels transports ardens et bizarres
Poussent ces peuplades barbares
A la ruine du Croissant ?

Cette Europe esclave et sauvage
Pesamment s'avance aux combats,
Sa lance appelle le carnage ;
Un noir écu charge son bras.
Les pairs , les barons intrépides
Montant leurs dextriers rapides,
S'élancent de leurs grands châteaux.
Couverts de fer , portant la lance ,
Ils vont signaler leur vaillance ,
A la tête de leurs vassaux.

Déjà leurs cohortes sacrées
Ont touché les bords ottomans.
Soudain des brûlantes contrées
Sont accourus les vrais croyans.
Voyez l'Arabe fanatique,
Qui soumit la rive persique ,
L'Égypte et les peuples d'Alger ,
Près des fils brillans de l'Asie,
La terre au loin est obscurcie
Par les noirs enfans du Niger.

Malgré leurs larges cimeterres,
Leurs cris, leur nombre et leurs fureurs,
Voyez-vous leurs troupes guerrières
Fuir devant les Chrétiens vainqueurs.
Bientôt, sous les murs de Solyme,
Brûlant d'un feu saint et sublime,
Le croisé combat de nouveau,
Il délivre la cité sainte,
Et plein d'une pieuse crainte,
Adore le divin tombeau.

Qui pouvait de ce grand courage
Remplir ces grandes nations?
Qui leur inspirait le carnage
Et les sublimes actions?
Voyait-on d'illustres princesses
Subir les infâmes caresses
De soldats ivres et sanglans?
Voyait-on des cités brillantes
En proie aux fureurs insolentes
Des vils esclaves des sultans?

Mais non, une épouse ravie
Causa la perte du Troyen.
La tombe où Dieu quitta sa vie
Émut tout l'empire chrétien;
Et lorsque des mortels en foule,

Pareils au torrent qui s'écoule,
Sont poussés au fond des tombeaux,
Alors qu'on égorge nos frères,
Au sein même des sanctuaires,
Nous goûtons un lâche repos.

Bien plus (Dieu! j'en frémis encore!)
Des Chrétiens et des Français,
D'un peuple que le monde abhorre
Ont approuvé les noirs excès.
Cruels, avez-vous trouvé juste
Le meurtre du pontife auguste
Dont le sang voudrait des vengeurs !
Eh quoi! de Smyrne solitaire
Le destin affreux et sévère
N'émeut point vos barbares cœurs !

Si dans ces tombeaux héroïques,
Qui bordent les flots d'Illyssus,
Les mortels des siècles antiques
A la lumière étaient rendus,
On verrait le foudre d'Athènes,
L'incorruptible Démosthènes,
Ranimer ses yeux éloquens,
Et des sons de sa voix brûlante,
Terrasser la tourbe insolente
De ces esclaves des tyrans.

« Insensés qui dans votre rage

» Prostituez l'humanité,

» Briguez les fers et l'esclavage,

» Mais laissez-nous la liberté.

» Si l'aspect d'une ardente ligue

» Que la servitude fatigue,

» Vous effraye et vous éblouit,

» Fuyez, nous brisons nos entraves ;

» Fuyez, plongez vos yeux esclaves

» Dans le sein de l'esclave nuit.

» Mais par des clameurs insolentes

» N'outragez point des malheureux.

» Ah ! plutôt des larmes sanglantes

» Devraient s'échapper de vos yeux.

» Eh quoi ! vaincu par sa faiblesse,

» L'infortuné dans sa détresse

» Tombe en implorant un vengeur ;

» Et votre main, au noir abîme

» Bien loin d'arracher la victime,

» L'y précipite avec fureur.

» Et toi, nation généreuse,

» Rends-toi digne de tes ayeux ;

» Venge ta vertu malheureuse

» De ces mépris injurieux.

» Réveille ton ancien courage ;

» Bientôt le timide esclavage
» Craindra le seul bruit de ton nom ;
» J'en jure les palmes fertiles
» De Platée et des Thermopyles,
» De Salamine et Marathon. »

A ces fiers accens du courage,
De l'Attique ont frémi les champs,
Ces champs qu'un honteux esclavage
Accable depuis deux mille ans.
Voyez cette brillante Grèce
Tressaillir d'une sainte ivresse,
Au souvenir victorieux
De ces lieux d'auguste mémoire,
Où ses fils, embrassant la gloire,
Brisèrent le joug odieux.

Des guerriers les grandes reliques
Se raniment dans les tombeaux,
Et l'on voit des urnes antiques
Sortir un peuple de héros.
Gloire à vous, ombres généreuses,
A vous dont les mains valeureuses
Ont donné l'immortalité
A cette belliqueuse Grèce,
Qui dans ce jour fameux s'empresse
A recouvrer sa liberté.

Salut, troupe héroïque et sainte,
Qui sans peur attends le grand roi !
Sparte t'a vu tomber sans plainte,
Pour être fidèle à sa loi.
Sur les augustes Thermopyles
Les tombeaux sont tes seuls asiles
Contre l'esclavage et l'affront ;
Grandes et fameuses victimes,
Vous payez par vos morts sublimes
Les triomphes de Marathon.

Ces héros, des rochers arides
Qu'immortalisa leur trépas,
De leurs descendans intrépides
Admirent les libres combats.
Vers des Thermopyles nouvelles
Ils ont vu des troupes cruelles
Que poussent des tyrans pervers ;
Là sont accourus mille braves.
Et bientôt le troupeau d'esclaves
A passé, mais chargé de fers.

Ainsi la liberté, la gloire
Et le beau mépris du trépas,
Aux faibles donnant la victoire,
Enfantent des Léonidas,
Et l'impur et lâche esclavage

Qui vient éprouver le courage
D'un peuple libre de héros,
C'est ce Lychas pâle et timide ,
Ce Lychas que le bras d'Alcide
Va précipiter dans les flots.

Mais de bout sur ce promontoire
Le voilà ce couple fameux,
Ce couple chéri de la gloire ,
Qui sut vaincre et fut vertueux.
C'est vous , Thémistocle, Aristides ,
Vous qui sur les vagues rapides
Promenez un œil curieux ;
Quelle fière et brillante joie
Sur vos fronts soudain se déploie !
Vos fils sont-ils victorieux ?

Ils le sont ! et tout Salamine
De nouveau rentre dans vos cœurs ;
De la rive la plus voisine
Vous applaudissez les vainqueurs.
A l'aspect des troupes tremblantes
Qui redoutent les mains sanglantes
Du Grec vengeur d'un long affront ,
Miltiade vole à leur suite ;
Son bras ensanglante leur fuite ,
Il est encore à Marathon.

Quels cris ardens ! quels cris sublimes
Poussent ces mortels belliqueux !
Que leurs discours sont magnanimes !.
Que leurs transports sont généreux !
Les sons de leur voix libre et fière,
Au sein de l'antique poussière
Réveillent leurs fils assoupis,
Et vont ranimer dans leurs ames
Ces grandes et divines flammes
Qui les brûlaient pour le pays.

Ainsi, quand l'oiseau du tonnerre
Voit ses aiglons audacieux,
Voltigeant autour de son aire,
Plonger leurs regards dans les cieux;
Il les saisit, et de ses ailes
Fendant les plaines éternelles,
Les conduit au sommet des airs ;
Et veut que leur prunelle altière
Fixe , au milieu de sa carrière,
L'astre enflammé de l'univers.

Aux cris de ces illustres ombres
Ranimant leurs fils éperdus,
Aux accens belliqueux ou sombres
Des guerriers vainqueurs ou vaincus,
La Grèce à demi consolée

Lève du fond d'un mausolée
Un front trop long-temps asservi,
Un front où de sa délivrance
Brille la prochaine espérance,
Au sein d'un nuage ennemi.

Cette mère tendre et craintive
A vu l'Orient tout entier
Prêt sur sa famille plaintive
A vomir un torrent guerrier.
Elle tremble, et vers les contrées
En proie aux froids hyperborées
Elle tend ses timides bras,
Et sa voix gémissante et juste
Implore le monarque auguste
Qui régit ces vastes États.

« Jeune et magnanime Alexandre,
» Lorsque la déesse aux cent voix
» Au monde se hâtait d'apprendre
» Tes vertus, ta gloire et tes lois,
» Rempli de la plus noble ivresse,
» Combien d'une douce allégresse
» A de fois tressailli mon cœur,
» Voyant dès-lors ton bras illustre
» Me rendre mon antique lustre,
» Et briser le joug du vainqueur!

» Héros, souviens-toi que la France
» A la Grèce antique pour sœur :
» L'une eut besoin de ta clémence ;
» L'autre a besoin de ta valeur.
» Souviens-toi que ma main puissante
» Cueillit la palme triomphante
» Qui croît dans les plaines de Maïs ;
» Que la Grèce sage et guerrière
» Posa la colonne première
» Du temple studieux des arts.

» Et de ces arts l'auguste mère,
» Verra les stupides sultans
» Laisser dormir dans la poussière
» Des cités les restes brillans !
» Sublime et malheureuse Athènes !
» La tribune de Démosthènes
» Sera le trône d'un pacha ;
» Toujours une foule ignorante
» Épuisera l'onde savante
» Qui coule non loin de l'Ossa.

» Non, non, magnanime Alexandre,
» Tu vas secourir mes enfans ;
» De mes tristes villes en cendre
» Ton bras chassera les tyrans :
» A leurs cohortes insolentes

» De tes yeux les flammes brillantes
» Inspireront un juste effroi.
» Monstres que l'Univers abhorre ;
» Sur l'autre rive du Bosphore,
» Ils iront mugir loin de moi.

» Quelles influences divines
» Raniment mes champs désolés ;
» Mon peuple, du sein des ruines,
» Lève au ciel des yeux consolés ;
» Sparte, Argos, Corinthe, Mycènes,
» La légère et savante Athènes,
» Reprennent leur vieille splendeur ;
» Et de mes cités renaissantes,
» Les jeunes troupes florissantes,
» Célèbrent leur libérateur.

» Déjà sur les monts d'Aonie,
» Je revois ces chantres sacrés,
» Ces fils de la douce harmonie,
» Aux accens fiers et révérés.
» Leurs voix fortes et solennelles,
» De tes actions immortelles
» Tracent l'éclatant souvenir ;
» Et ton nom qu'adore le monde,
» Va traverser la nuit profonde
» De tous les siècles à venir. »

C'est ainsi qu'aux bords de la Somme,
Bien loin de tout profane cœur,
Notre voix, pour charmer l'automne,
Plaidait la cause du malheur.
Souvent la désolante image
Des peuples en proie au carnage,
Nous fit verser des pleurs amers;
Souvent les ombres héroïques
Des mortels des siècles antiques,
Apparurent dans nos déserts.

Et quand pour éclairer le monde
La belle Aurore, en souriant,
Au dieu qui sort brillant de l'onde
Ouvrait les portes d'Orient,
Animés du premier délire,
Sur notre jeune et faible lyre
Couraient nos doigts harmonieux,
Jusqu'à l'heure où de voiles sombres
L'antique déesse des ombres
Couvrait tout l'espace des cieux.

DE L'IMPRIMERIE DE BAUDOUIN FILS,
RUE DE VAUGIRARD, N° 36

www.ingramcontent.com/pod-product-compliance
Lightning Source LLC
Chambersburg PA
CBHW061517170626
46811CB00004B/1748